听涛轩诗存

半农 著

敦煌文艺出版社

图书在版编目（CIP）数据

听涛轩诗存 / 半农著. -- 兰州 : 敦煌文艺出版社, 2019.5（2021.8重印）
ISBN 978-7-5468-1734-7

Ⅰ. ①听… Ⅱ. ①半… Ⅲ. ①诗集－中国－当代 Ⅳ. ①I227

中国版本图书馆CIP数据核字(2018)第080013号

听涛轩诗存
半农 著

责任编辑：侯君莉
装帧设计：张 林

敦煌文艺出版社出版、发行
地址：（730030）兰州市城关区曹家巷 1 号新闻出版大厦
邮箱：dunhuangwenyi1958@163.com
0931-8152307（编辑部）
0931-8120135（发行部）

北京一鑫印刷有限公司印刷
开本 880 毫米 ×1230 毫米 1/32 印张 3.875 插页 2 字数 50 千
2019 年 7 月第 1 版 2021 年 8 月第 2 次印刷
印数 501~2500 册

ISBN 978-7-5468-1734-7
定价：36.00 元

前言

我在幼年的时候，就爱读古典诗歌，特别是抒情诗。它不仅有兴、观、群、怨的社会效果，而且还能陶冶性情、净化心灵，满足美感享受的需要。每逢劳动疲乏，感情受到压抑之时，朗诵一首古人的诗歌，顿觉神清气爽，心神泰然，疲劳消失。读古人诗就是与古人为友，共悲欢，同离合。时而击节低吟，时而饮泣长叹，几乎别有天地，受创的心灵也得到慰藉，想来有此感者，当不乏人。

爱好自是爱好，现实终归是现实。由于家境贫寒，幼年失学，过早地操劳家务，为柴、米、油、盐之计，日不暇给，三十年来奔走于垅亩市井之间，母老子幼，谋生尚且不暇，更无余力致力于诗文之道，虽不愿丢弃爱好，岂可得乎。

『山重水复疑无路，柳暗花明又一村』。打倒了『四人帮』，还了历史的本来面目，传统文化得到了尊重。特别是党的十一届三中全会以来，拨乱反正，解放思想，文艺园地，百花盛开，古典诗歌的名篇佳作，更是广为流传，脍炙人口。我虽年过花甲，亦觉青春焕发，想做点学问什么的。与此同时，在党的『双百』方针指引下，全国各地文学社团如雨后春笋，破土而出。临潭虽然地处甘南边陲，但也不甘寂寞，一九八六年在新城发起成立了『东陇诗社』，在所办刊物《山花集》上以诗歌形式歌颂党的方针政策，针砭时弊，繁荣洮州文化生活，表现时代精神。从此以后将我三十年来丢掉的可怜的一点诗歌知识，从头拾起滥竽充数八年于兹。八年来所写诗词，先后发表于《山花集》一至十一期，经过自选后计写诗词二百一十六首。

这些诗词无论在思想内容，艺术修养或诗词格律方面很难冠以诗词二字，不过是凑足字数的话句罢了，但有一点是自信的，就是所选诗词完全出于真情实感，既无矫揉造作之态，更无粉饰虚张之词，文字力求简明，语言亦循易懂。但由于文学修养不够，知识浅陋，生活圈子狭小，捉襟见肘，言尽意穷之处，在所难免，也就只好如此。

这几首诗词并非传世之作，亦无沽名之心。不过近十年来党在农村进行了若干改革，特别是联产承包责任制的不断完善，农村发生了深刻的变化，农民解决了温饱，逐步走向小康。在我来说，儿女都已长大成人，都能自食其力，因此，心情比较舒畅，缅怀往事，能不慨然。所以把这几年的拙作，搜集整理起来，分别赠给己亲厚友，在茶余酒后，翻阅几页供以了解我的人生旅途，如此而已岂有它哉！

听涛轩主人半农谨识

一九九四年暮春三月写于新城

目录

谒韩愈墓①

九柏参天映夕阳②，
洛阳市北有韩庄。
三春花草寻遗迹，
十级台阶访冠裳。
一代文章名后世，
千秋正气自流芳。
陵园劫后始修复，
引得诗人略华章。

【注释】①韩愈，（公元764-824）唐代文学家，唐宋八大家之一，通贯六经百家，反对六朝以来的文风，提倡散体。文笔雄健，气势磅礴，为后世古文家所宗，有『文起八代之衰，道冠古今之溺』之誉。长庆四年卒，谥『文』。后世称韩文公，《新旧唐书》均有传可参。②九柏句：韩愈墓前有九株古柏，大可十余围，传说为唐代之物。

东陇诗社成立一周年

洮州儿女本自豪，
驰骋诗坛有二毛①。
千里陇原驰骏马，
百花园地驾轻鳌。
新城文化源洮水，
东陇《山花》一代骄。
开拓精神文明地，
为教后辈种竹桃。

【注释】①临潭土话，意为有两下子。

秋晴

秋光无际远山横，
霜落平川又早晴。
暑退尚留余热在，
天高不见点云生。
望中疏柳黄淑逗，
看到斜阳晚更明。
谨爱初秋三五相，
月如天镜露如晶。

秋月即事述怀

世事如棋局未终，
忧天空抱杞人穷。
无才报国身心老，
改革何年始奏功。
尘世泛滥蝜蝂①祸，
高楼荡漾舞歌中。
秋来差喜丰收稔，
一片乡情与众同。

【注释】①蝜蝂：小昆虫，背涩，遇物微沾，积物累身，力尽气竭，终归一死，不顾也。

诗社诸友与剑民教授同游东门泉

紫螃山下水源头，
翠柳骄杨芳草稠。
妙手丹青留墨迹，
骚人词客自风流。
滩头留影友情在，
谈言微中耻恶疣。
明日天涯君别后，
斜阳影里不胜愁。

夏　雨

分明昨夜雨惠田，
无那平明浪接天。
一水涨喧人语外，
万山青到马蹄前。
为政不廉羞食禄，
民未脱贫愧俸钱。
难释激情家国事，
思潮起伏意茫然。

郊游

夏来无计写诗情，
也到东门泉里行。
小道幽沟铺杂草，
垂杨深雾乱啼莺。
坦途也应虑失足，
清水何妨去濯缨。
莫道清流溪水浅，
涓涓洗尽污浊声。

遣怀

一自神州起战尘，
十年遭劫史无伦。
国魂销尽诗魂折，
人道穷危天道泯。
九载风云天宇净，
千秋功罪有评论。
政通民乐百花艳，
一代风流展经纶。

春节　卧病

春寒侵被晓窗开，
辗转千回懒下台。
诗记我然常自咏，
病欺人老竟频来。
雪封深港无人到，
雾锁陇山有鸟回。
辜负春光无限好，
茶炉添火拨残灰。

献给党的第十三次代表大会

三中全会耀光明，
大会重申路线宏。
力挽狂澜奠国策，
中流砥柱领航程。
一国两制创新举，
五洲四海树声名。
治贫致富民乐业，
功业千秋永铭评。

无题

分明清浊浑难争，
尘海茫茫谁与擎。
弱絮一身难有恨，
沧桑三易可胜情。
漫言利禄诚可叹，
只爱权门车马行。
错节盘根关系网，
丝弦不奏雅歌声。

清明扫墓行

乍暖还寒二月天，
晴明寒食自年年。
堂前二老今何在，
尘迹十霜愧独全。
无处坟头添黄土，
缘何草地挂纸钱。
儿孙岁岁频奠酒，
一滴曾无到九泉。

春日感怀

并赠诗社诸同志，
诸君观之当笑曰：
『孺子岂自负哉。』

兔石山前一老翁，
沧桑经变态龙钟。
身无媚骨三分傲，
『心有灵犀一点通』①。
诗苑诸君云海鹤，
飘零只我雪天鸿。
词林异代欲知我，
只在山花一卷中。

【注】①：语出唐李商隐《无题》。『昨夜星辰昨夜风，画楼西畔桂堂东。身无彩凤双飞翼，心有灵犀一点通。隔座送钩春酒暖，分曹射覆蜡灯红。嗟余听鼓应宫去，走马兰台类转蓬』。

赠孙治武兄

相交总觉意情绵，
回首云烟逐逝川。
去国迢遥三万里，
离乡别后五十年。
儿时乐趣黄金梦，
今日相逢亦旧缘。
莫怪儿童不相识，
蓦逢于我也茫然。

赠老妻

布裙荆钗[1]怨无声，
淡饭粗衣过此生。
薄命累卿甘茹苦，
伤心愧我未成名。
唯忧身老心俱老，
常恐文成命不成。
到死白头情更笃，
何如携手九泉行。

【注释】①布裙荆钗：以荆枝当发钗，用粗布制衣裙，为贫家妇女装束。后汉梁鸿、孟光夫妇，避世隐居，孟光常荆钗布裙，食则举案齐眉。参见晋皇甫谧《列女传》。

答鹤年表弟

不爱沽名不钓誉，
生平未习仕途书。
浮沉尘海如鸥鸟，
生死钻书似蠹鱼①。
抱玉何须去朝楚②，
弹铗不必出无车③。
闭门不问升沉事，
唯愿年丰粮有余。

【注释】①蠹鱼：虫名，常蛀蚀书籍，体小有银白色细鳞，形似鱼，故名。唐白居易《长庆集》——《伤唐衢》诗之二：『今日开箧看蠹鱼损文字。②语出唐卢僎《途中口号》诗：抱玉三朝楚，怀书十上秦。年年洛阳陌，花鸟弄归人。参阅《韩非子·和氏》。③弹铗句，战国齐人冯谖为孟尝君门下食客，位居下舍，食毕则弹铗而歌曰：『长铗归来兮，食无肉。……』铗，无销之剑。参《战国策·齐》《史记·孟尝君传》。

秋末感怀

七九年华指一弹，
绨袍谁念范雎①寒。
静思每恨读书少，
动辄方知衣食难。
枯叶经霜将生树，
残潮不已犹打滩。
杖头②谋得一壶酒，
万事何如醉梦宽。

【注释】①范雎，战国时魏人，初事魏中大夫须贾，从贾使齐，以通齐之嫌，被魏相鞭笞，佯死得免。后去秦说秦召襄王以远交近攻之策，秦然，拜相封应侯。初须贾使秦范雎微服私访，须贾赠以绨袍。见《史记》上九《范雎传》。

②杖头：即沽酒钱。见后《自慰》七绝。

秋兴

鸣蝉未罢雁南驰，
日落空山动远思。
听取风声生老树，
收将秋色入新诗。
故园麦摞满城郭，
场上钢铃响户帷。
喜得身躯差爽健，
开樽正好晚凉时。

答宗宪兄寄《秋蝉》步原韵奉和

秋风残月树蝉鸣，
门外夕阳处处声。
尺素[①]寄来清双耳，
新诗读罢夜三更。
感君有意传佳句，
愧我无才落魄行。
莫诅前途多歧路，
天涯道路本无平。

【注释】①素，生绢。古人用一尺左右绢帛写文章或书信，称为尺素。《饮巴长城窟行》：『客从远方来，遗我双鲤鱼。呼儿烹鲤鱼，中有尺素书。』晋陆机《文赋》：『函绵邈于尺素，吐滂沛乎寸心。』后用作书信的代称。

洮水流珠

万斛明珠映日斜，
冬来春去尽天涯。
青沙粒粒映朝日，
白玉琅琅耀晚霞。
明慧一河菩提果，
珠玑千串冰涌花。
清流直泻三千里，
引得诗人咏章华。

朵山玉笋

巍巍朵山千仞岩，
亭亭玉笋百寻坚。
『云雾明灭时可睹』，
雾雨微茫带寒烟。
稳坐挺胸根扎地，
凌云昂首剑刺天。
三春美景丛花里，
一曲牧歌至云边。

石门金锁

夹河峭壁自天开，
水色天光共徘徊。
万斛珠玑峡底出，
数行鸿雁岭边来。
朝阳伏射生金锁，
烟雨微茫露玉苔。
最是晴朗风静日，
山歌对唱隔河吟。

老 松

世情到处赏繁华，
老气秋横谁见夸。
不与桃花争俗艳，
时同梅竹斗风沙。
高枝挺拔凝霜露，
针叶翠苍映日斜。
沐雨栉风躯干老，
荒山野岭空咨嗟。

秋柳三首

（一）

记得三春色翠青，
春情无限筑屏帷。
年华易逝风霜早，
足迹坎坷损犀灵。
十载风云人老大，
一山黄叶雁伶仃。
盘根错节荒园里，
移植风池却是谁。

（二）

曾同桃李斗芳菲，
满目春情筑绡帷。
一自秋光凝玉露，
忍教离绪满金闺。
寒烟落日鸦争集，
暮雨西风雁已归。
莫怪行人争叹息，
少年颜色已全非。

（三）

寒鸦争宿近黄昏，
风雨连绵早闭门。
婉转莺声啼菜底，
凄凉虫语鸣篱根。
风流莫说齐张绪[①]，
慨叹休言晋桓温[②]。
人瘦不禁西陆[③]啸，
乱飞黄叶满庄标。

【注释】①风流句：张绪，公元四二二—四八九年，南朝齐吴郡吴县人，字思曼，美丰姿，清简寡欲，口不言利。长于周易，官至太常卿，领国子祭酒。武帝植蜀柳灵和殿前，曾赞叹说：『此杨柳风流可爱，似张绪当年时。参《南齐书·张绪传》。②桓温，公元三一二—三七八年，晋谯国强元人，字元子。桓彝之子，明帝女婿，初为荆州刺史，定蜀，攻前秦，破洮襄，权威日盛，官至大司马，太和四年大举北伐。以鞭指秋柳日衰。叹曰：『树犹如此，何况人乎。』见《晋书本传》。③西陆《隋书天文志》中『日循黄道東行……行东陆为之春，行南陆为之夏，行西陆为之秋，行北陆为之冬』。西陆者，指秋天。本句用西陆形容秋风是格律的需要，不是修辞的需要。

临潭农民文化宫

拔地高楼上接天，
斗檐飞阁势回旋。
古城风貌收眼底，
西风烟云来目前。
四抱环山金盆地，
一河飞越一线牵。
洮州自古多文采，
四化途中着先鞭。

卓尼感怀

虹桥新架通南北，
洮水千年逐逝川。
禅定梵宫名胜地，
柳林青翠鸟回旋。
少年乐趣黄金梦，
岁月繁霜头白年。
世事沧桑亲友老，
相逢谁与话前缘。

示儿诗

风云变幻十年期，
少小蹉跎诚可惜。
逝去年华难再返，
迎来盛世喜扬眉。
常将有日思无日，
莫待无时想有时。
但以箕裘承祖泽，
终生勤俭不心私。

七夕有感

难怪鹊桥路不通，
牛郎乏力手头穷。
银河横亘隔南北，
金母爱钱阻西东。
漫说当年千金女，
何如今日万元风。
可怜清秀寒门子，
锦被罗衾半幅空。

赠李占科同志任水泥厂厂长

壮怀再奋起征程，
四化途中献赤诚。
志气昂扬心未衰，
坚贞不屈名有声。
操舵休管风浪险，
泛海更需顶逆行。
自有倚天长剑在，
乘风破浪斩长鲸。

小园即景

盛夏小园花正菲，
篱边芳草筑长帏。
穿花蛱蝶珊珊舞，
点水蜻蜓款款飞。
闷向窗前听细雨，
闲来篱下享清辉。
东皇着意多护枝，
休使等闲雹逞威。

新城端午节

大石山前钟秀地，
蛟龙潭[1]畔艳阳天。
人潮街涌千层浪，
货积山高百样全。
花儿唱飞人语外，
管弦声入白云边。
千门万户遍插柳，
万古丰碑树心田。

【注释】①蛟龙潭：在临潭县新城北半山中，俗称海眼。

暴雨

通宵暴雨袭农田，
一夜河流涨接天。
宿鸟警听潮恶涌，
危桥独向浊浪愁。
倾颓想作中流柱，
浩荡谁乘泛海船。
厌是狂涛逞跋扈，
谁为靖海驱鳄篇。

雪后放晴

立夏山城白絮飞，
山川覆盖似冬归。
银装素裹鸟归宿，
铁马铜钲[1]日初霏。
风信[2]一番开别意，
晴云半露有新晖。
多情应似送春雪，
正好天开绡诗帏。

【注释】①铁马，即檐马，亦名风铃儿。元王实甫《西厢记》二本四折『莫不是铁马儿檐前骤风』。铜钲，古乐器之一种，后指铜锣。宋苏轼《分类东坡诗·新城道中》『岭上晴云披絮帽，树头初日挂铜钲』。②风信，应时而至之风，亦称花信风，由小寒到谷雨共八个节气，每五日为一候，计二十四候，每候开花三种，为三信，宋陆游《剑南诗稿》十五《游前山》『屐声惊雉起，风信报梅开』。

反对资产阶级自由化

十载清源暖人心，
和风霖雨普降临。
百花园里百花艳，
万木山头万木森。
始信安定来不易，
岂容自由化侵蚀。
四项原则治国本，
待看『四化』奏捷音。

喜闻中葡澳门问题草签

八十年代国威张，
百年积弱一朝强。
神州儿女挺胸起，
华夏子孙崛东方。
『一国两制』创新举，
五洲四海共评章。
山河秀丽民安乐，
改革光芒自昭彰。

负薪行

漫林北望路漫漫，
兔石山巅晓月残。
曲折迂回八盘道，
蜿蜒起伏冰厂湾。
忍看白发忧儿泪，
总把青春付辛酸。
汗水流干难温饱，
才知世路有艰难。

一九七五年七月

论诗二首

（一）

诗歌真理向何聆，
不在寻章摘句斟。
唐宋诗词可借鉴，
风骚流源是指针。
自然飘逸与洗练，
含蓄清奇有深沉。
切忌邯郸趋亦步，
自成风格自成吟。

（二）

诗文得失不由天，
毁誉难同本自然。
寄意无穷言有尽，
典论有据自清鲜。
标新天地胸怀内，
俯瞰山川著笔端。
休把定论等闲议，
且看埋没与流传。

纪念孙中山先生诞辰一百二十周年

百年积弱列强欺，
奔走天涯不知疲。
欧美观政十七载，
中原革命四十期。
共和首创拯民火，
再建黄埔振义师。
功业千秋青史著，
神州儿女树心碑。

暗门沟①即景

暗门奇景小蓬莱，
鬼斧神工天自开。
陡峭山岩为剑翼，
闲云绿树共徘徊。
葳蕤草木藏玉兔，
曲折溪流绕青苔。
地僻山荒津不问，
难为时尚究可哀。

【注释】①暗门沟，在临潭县羊沙乡境内。

打碾场上

农家少妇淡梳妆，
九月场中打碾忙。
抬手扬鞭轻举动，
飞翻连枷慢簸扬。
汗流粉面花含露，
尘染蛾眉柳带霜。
最是山乡窈窕女，
风流不用脂粉妆。

秋尽山城

秋尽山城草木凋，
望中难觅柳丝条。
金风日暮叶残落，
秋雨枉听秃枝摇。
庄稼田头收拾尽，
场中连枷响九霄。
大仓小柜齐装满，
鼓腹高歌乐逍遥。

田园乐

深山陇亩匹夫家，
昼出耕田到日斜。
草帽摇来犹作扇，
清泉掬起可当茶。
浮沉踪迹无红袖①，
冷暖人情有碧纱②。
曾是马兰花下客，
布衣麦饭不须嗟③。

【注释】①②碧纱红袖：宋魏野尝从寇准同游陕府僧舍，多有题留诗，后复同游，时寇准已贵。魏野尚微。见准诗已用碧纱笼盖，而野诗独否，尘昏满壁，同行宫妓即以袖拂壁，野徐曰：『若得常将红袖拂，也应胜似碧纱笼。』见宋吴处厚《清箱杂记·六》。③曾是二句，系化用宋代文学家欧阳修《戏答元珍》诗：『曾是洛阳花下客，野芳虽晚不须嗟。』

忆土窝开荒

为充口腹去开荒，
何计冬寒夏日长。
倒海移山干劲足，
战天斗地志气昂。
冬来倍感树根暖，
夏至更觉锅巴香①。
待到三秋收割日，
今年分配有新粮。

【注释】①锅巴，系洮州农民用青稞面做的馍，俗称锅巴。

赠阿丁先生惠书条幅

挥毫落纸势如狂，
凤舞龙飞任翱翔。
笔转锋回太极剑，
银勾铁画右军王①。
寻常惯嗅蔹花味，
今日欣窥翰墨香。
留得手书勤珍重，
他年篷荜犹增光。

【注释】①右军王：即王羲之，公元303—361年，临沂人，字逸少，官至右军将军。晋称王右军。以书法名世。世称书圣，《晋书》有传。

赠英俊同志

回忆相交五十春，
少年豪气有天真。
课余各自抒抱负，
假日同游志趣醇。
街头宣讲神州事，
巷尾唤醒民族魂。
杯酒逢君话旧好，
各人遭遇竟不同。

林黛玉

底事潇湘苦追求，
孤傲品格逆时流。
姿容绝代成空负，
才色无双鲜匹俦。
自古多情唯有恨，
由来美梦易轻休。
拼将一死酬知己，
痴念成空泪始收。

卓尼感怀

一九四九年九月十一日，卓尼县党政军民在杨复兴同志率领下在禅定寺召开千人大会，宣布起义，距今已四十二年。回忆往事，历历在目，无不感慨，因赋诗以记之。

回首云烟溯旧踪，
千人大会彩旗红。
王师北上领袖略，
指囤济粮杨氏功①。
起义欢腾洮水地，
红旗招展梵王宫②。
年丰食足民安乐，
鼓腹高歌歌一通。

【注释】①杨氏功，一九三六年中国工农红军举行二万五千里长征，爬雪山过草地，途经迭部，洮岷路保安司令杨积庆指使部下，开仓济粮，做出贡献。②梵王宫：泛指佛教寺院，这里指卓尼禅定寺。

登五泉山

陇原胜迹向何求，
方到兰山此一游。
飞阁危楼倚壁起，
柳烟花雾绕山流。
文昌宫殿抱关锁，
诸葛祠堂曲径幽。
紫色千峰凭险立，
黄河九曲一望收。

卓尼

城郭逶迤半绕山，
清流北涌出城关。
西来洮水碧如玉，
南瞰古雅自在天。
白塔风光无限景，
梵宫僧侣乐陶然。
藏汉同歌政策好，
实现四化可期年。

喜庆粉碎『四人帮』

谁为高手挽狂澜，
自有奇才济世艰。
斩虎除蛟四害走，
经天纬地九州欢。
反正拨乱天心顺，
正本清源民自安。
天上星辰皆北拱，
人间霖雨自东看。

壬申春节

杯酒迎春又一年，
壬申花事属精猿。
寒梅数点报春信，
红杏一枝漏小园。
岂有狂言惊海内，
宁无正事溯流源。
须知年老童心在，
引吭高歌出草原。

诗话诗

千卷诗书寻活水，
补牢端可救亡羊①。
风骚流派千秋体②，
李杜光芒万丈长③。
山路崎岖看老马④，
桃源误处问渔郎⑤。
只需略带矜持气，
文苑潮头任尔航。

【注释】①补牢句，出自《战国策·楚策》：『见鬼而顾犬未为晚也，亡羊而补牢，未为迟也。』这句话借喻现在从事研究中国传统文化，还不算晚。②风骚句：风，即《国风》。《诗经》共分三个部分，即风、礼、颂。风是周天子统治下的十五个诸侯国的民歌，因为表现了各诸侯国民俗风气与地方色彩，所以称为国风。《诗经》是我国现实主义诗歌流派的开端。骚即《离骚》，作者屈原，他的作品想象丰富，语言优美，借神话传说，反映现实生活，为中国文学开创了浪漫主义的艺术风格。③李杜句，即李白、杜甫，我国唐代的伟大诗人，李白上承《离骚》，杜甫上承《国风》是我国浪漫主义和现实主义诗歌流派的两座高峰。唐代文学家韩愈《调张籍》诗『李杜文章在，光焰万丈长』④老马，语出《韩非子·说林》上：『管仲，显朋从桓公征伐张竹，春往冬返，迷惑失道，管仲曰：「老马之皆可用也。」乃放老马而随之，遂得道。后比喻富有经验。宋毛滂《寄曹使君》：请同韶护公勿疑，老马由来识途久。』⑤桃源句：见前注桃花源。

祝贺《临潭简史》[1]问世

年老风骚岂偶然，
胸中秀色几回旋[2]。
青春致力政法道，
皓首书成简史篇。
名下陇山无虚士，
案头卷秩有真诠。
豪情壮志春常在，
管他头苍与鬓斑。

【注释】①《临潭简史》由李英俊同志辑著。关于临潭的史料，约十七万字，由临潭县政协文史资料委员会付梓，继《洮州厅志》《临潭县志稿》后的又一史书。②胸中句：借用郭沫若《歌颂中朝友谊》组诗中的句子。原诗『同上金刚幸有缘，胸中秀色几回旋』。

祝贺《洮州诗词史话》付梓①

时代人文有旧筹，
诗词史话考从头。
情怀『咏雪』②笺前著，
踪临『继园』笔底收。
腹内经纬无尺度，
胸中锦绣有千秋。
百年遗墨搜罗尽，
立马洮山第一丘。

【注释】①《洮州诗词史话》杨鹤年著，上起唐代，下至一九九二年，有关洮州的作品，包括外地人咏洮州、洮州人咏洮州，共收集选筛诗词五百余首，作者近百人并加以评论，诚洮州诗词史上第一部作品，填补了这一空白，证明了洮州是有人才的。②《咏雪诗》系洮州新城陈钟秀老先生遗墨，共有四卷，现存一卷，系陈老先生手笔，《继园诗钞》系新城赵维仁老先生所作，共存诗二百七十余首。

卜峪庄访杨氏故居

漫行十里卜峪庄，
山险林稠卷夕阳。
好鸟凭河鸣翠柳，
野花林下自芳香。
累世屏藩勤王室，
百年多事捍边疆。
只今四海一家日，
老幼争穿时样装

伤宅

伤心笔下千行泪，
仰面青天哭断云。
庭院无端蒿草长，
柴门常被铁锁横。
数椽陋室归谁主，
半壁图书空有人。
蜡炬将灰光暗淡，
为谁照得好前程。

和鹤年表弟

乘车联袂出新城，
老态龙钟彼此同。
满目风光秋色里，
情怀激荡水声中。
金童晓日[1]展新貌，
迭庄长虹[2]溯旧踪。
旅宿梅头校清样，
深情同觅古酒魂。

【注释】①②金童晓日，迭庄长虹，均系岷县八县之一。

赠陈建中

少怀壮志待时扬，
岂意苍天风雨狂。
白卷英雄沐尉带，
青山文士牧牛羊。
源头活水承家泽，
腹内珠玑难尺量。
莫谓律回时太晚，
共君今日濯沧浪。

遣怀四首

（一）

历尽沧桑一老翁，
十年重见旌旗红。
已摈忧患寻常事[①]，
世态炎凉一笑中。

（二）

春风万里到人间，
一扫妖霾静尘寰。
莫道浮尘能蔽日，
江山雨后更灿烂。

（三）

三十年来忆旧游，
如今不比昔风流。
山光水色浑无恙，
浮世平添几度愁。

（四）

少壮零落志难酬，
几度风霜几度秋。
岁月消磨人已老，
等闲斑白少年头。

【注释】①已摈句：引用革命烈士恽代英《狱中诗》。全诗为『浪迹江湖忆旧游，故人生死各千秋。已摈忧患寻常事，留得豪情作楚囚』。

即兴

六旬野老觅风流，
也向百花丛里游。
笔涩才疏难写意，
激情化作绕指柔。

病后

半年光阴病里过，
一世奔波为谁忙。
白头尚需理生计，
只为儿女作嫁裳①。

【注释】①嫁裳：语出唐朝诗人秦韬玉《贫女》，全诗为『蓬门未识绮罗香，拟托良媒益自伤。谁爱风流高格调，共怜时世俭梳妆。敢将十指夸针巧，不把双眉斗画长。苦恨年年压金线，为他人作嫁衣裳』。

杖

花晨月夕伴风尘，
平坦途中可防身。
持尔并非无顾虑，
崎岖幽径步风尘。

不夜曲

高楼一曲暗飞声，
午罢霓裳[1]誉满城。
想是风流侯万户，
夜深犹自弄箫笙。

【注释】①霓裳，即《霓裳羽衣曲》，唐乐曲名，玄宗曲，杨贵妃善为霓裳羽舞。

书愤

寒窗十载志难休，
岂意峥嵘岁月稠。
亲友相逢何必问，
南冠[1]枉戴十三秋。

【注释】①南冠：《左传·成公九年》晋侯视于军府，见钟仪，问之曰：『南冠而系者，谁也？』有司对曰：『郑人所献楚囚也。』

秋末雨雪

黄叶西风带浪痕，
深秋无处不销魂。
且开樽酒浇块垒，
雨雪声中掩柴门。

送别刘光远

离情别绪满城寰，
蜀国茫茫万重山。
此去家乡花未了，
蓉城风月总难闲。

秋　凉

两三黄叶渐高枝，
不住蝉鸣落日时。
北燕南飞余暑尽，
新凉先报老人知。

咏茉莉花二首

（一）

不着胭脂不艳装，
更无媚骨是非场。
须将白色从头看，
占尽人间第一香。

（二）

虽无国色有天香，
我见此花欲断肠。
感谢多情相赠意，
十年回首倍凄凉。

秋怀

洛阳书到报平安，
触动离情又一年。
早识黄龙秋色冷，
可怜路远寄衣难。

重九登高

支离病骨思着裘，
漫步登高作郊游。
最是秋霜多管事，
红它枫叶白人头。

赠老妻

亲煎汤药司昏晨，
一片关怀出自真。
知我饥寒愁我病，
可怜都是老病身。

咏蟹

不知道途有经纬，
八足将军爱横行。
皮里黑黄难尽数，
谁知鲠骨有几茎。

自伤

六十春秋命未通，
迫为生计商贾中。
芒鞋过市无人识①，
何处江天泣孤鸿。

【注释】①芒鞋句：化用苏曼珠《本事诗》，原诗为『春雨楼头尺八箫，何时归看浙江潮？芒鞋破钵无人识，踏过樱花第几桥。』

杂感

小车迎送是何人，
喧嚣一时葬师身。
眼下权钱犹不足，
争先恐后祈鬼神。

咏塑料花

眼里皮相假乱真，
可怜无益费精神。
无香无臭无骨气，
虎踞案头也争春。

赏春三首

（一）

三春花事自年年，
绿满山城铺锦毡。
唯有春风怀大雅，
蓬门要路不争先。

（二）

残阳斜柳异新姿，
正是春帏入画时。
反照夕阳人影乱，
凭空折下最繁枝。

（三）

步出南门下银台，
板桥横跨清溪苔。
夹河杨柳炊烟笼，
满目春光尽素材。

自勉

休将岁月空蹉跎，
百岁年华能几何。
西下夕阳余热在，
赤诚未必数颂歌。

自慰

寄身市井度余年，
淡饭清茶自怡然。
天与人归话尧舜，
呼儿且解杖头钱①。

【注释】①《世说新语笺疏·任诞》：『阮宣子常步行，以百钱挂杖头，至酒店，便独酣畅。』

文昌宫①旧址

平风落日近黄昏，
断壁残垣迹乃存。
佛殿兰宫何处去，
青山绿树映旧痕。

【注释】①文昌宫旧址在新城北半山中。

酒三首

（一）

由来诗酒自高清，
浅酌低吟寄深情。
总有清风明月夜，
于今不复有清声。

（二）

处世为人第一功，
举杯尽在不言中。
独驰蹊径君休笑，
方壶员峤①幽曲通。

【注释】①方壶员峤，《列子·汤问》：『渤海之东不知几亿万里，有大壑焉。……其中有五山，一曰代兴，二曰员峤。三曰方壶，四曰瀛洲，五曰蓬莱。』

（三）

黄花晚节明操守，
寒夜闲情诗与酒。
纵使蟾宫桂枝①繁，
任听攀折他人手。

【注释】①蟾宫折桂，旧指科举应试得中。

搬场

钢铃到处送金声，
散入秋风响满城。
一夜呼牛连枷响，
农家八月搬场忙。

咏藤

生平依附向高攀，
全仗躬身能屈弯。
应变通权长乐老①，
沧桑经世任往还。

【注释】①长乐老，即冯道，一生仕唐、后晋、后汉、后周四朝，相六帝。自号长乐者。后世常借指凭靠阿谀取荣而长保禄位之人。

魏武[1]疑坟三绝

（一）

漳河侧畔夕阳残，
七十二坟秋草寒。
谁料都非埋骨地，
问君何故设疑团。

（二）

一棺深涸水滔滔，
只怕当时葬未牢。
到底声名埋不住，
生前心计枉徒劳。

（三）

分香卖履亦多情，
事死犹教如事生。
却是君魂飞不到，
为谁来奏管弦声。

【注释】①魏武帝：曹操谥号，死后葬在彰德城外，漳河侧筑疑坟七十二座，以惑后人，死前在铜雀台分香给诸妾，令其以后为谋生之计。事见《三国演义》七十八回。

致张维彪兄二首

（一）

知君风度本翩翩，
羁旅湘江为底牵。
万里关山音讯绝，
相逢何日话旧缘。

（二）

衡阳七二回雁峰①，
三十八年音讯封。
北雁南翔无别意，
知君伉俪情意浓。

【注释】①回雁峰：在湘南衡阳市南，衡山七十二峰之一。其峰势如雁回转。相传雁至衡阳而止，遇春而回。见《读史方舆纪要》卷八十衡阳县。

七夕雨

恨别经年两地悠，
双星桥畔泪长流。
伤心化作人间雨，
滴到黄昏尚未休。

秋晨雾雨

漫漫白絮绕山飞，
粉粉珠玑湿单衣。
底事茫茫山露冷，
秋末青女[1]损芳菲。

【注释】①青女，神话中的霜雪之神，《淮南子·天文训》：『至秋三月……青女乃出，以降霜雪。』唐杜甫《秋野五首（之四）》：『飞霜任青女，赐被隔南宫。』

秋草

漫教践踏任牛羊，
霖雨春风依旧芳。
晚节时蒙黄叶护，
余晖曾染落花香。

卓尼大桥观感

谁家衙内夹劲弓，
马路驱车意气虹。
弹打花灯夸技巧，
论丧公德有无终。

示儿诗二首

（一）

读书不成也无妨，
处世为人贵自强。
心底无私天地广，
前途自有路平康。

（二）

老来才觉万事空，
六十年华过匆匆。
为语儿曹休骄奢，
克勤克俭继家风。

物交会有感

高歌美酒近黄昏，
市井楼头罢酒樽。
潇洒风流时尉盖，
从容车马就权门。

麦耘

四月田野披绿装，
微风暗送菽花香。
承包地内歌声起，
人在桃源[1]境里忙。

【注释】①桃源：即桃花源。晋陶潜《桃花源记》虚构的与世隔绝的乐土，言其地人人丰衣足食，怡然自乐，不知人间有祸乱忧患。后因称这种理想境界为世外桃源。唐杜甫《杜工部草堂诗十一》中《北征》：缅思桃源内，益叹身世拙。这里表达农民对承包制的喜悦。

拾柴行

黄绢花开三月天，
负薪歇息大扁泉①。
清凉一掬山泉水，
无辱无宠乐陶然。

【注释】①大扁泉：朵山北小地名，为拾柴农民必经之地。其地泉水清冽，可以解渴。

读《高祖本纪》

未央宫①里起风波，
百战功臣饮恨多。
韩彭萧樊②囚与死，
何须还唱大风歌③。

【注释】①未央宫：西汉的宫殿名。故址在今陕西省西安市西北长安故城内西南角。高帝七年由萧何主持营造。②韩、彭、萧、樊，即韩信，彭越，萧何，樊哙，语出《古文观止》中《答苏武书》：『昔萧樊因絷，韩彭菹醢。』③《大风歌》：公元前一九五年，刘邦平定淮南王英布的叛乱，回到沛县，邀集父老故人宴饮，即席作《大风歌》。歌词云：『大风起兮云飞扬，威加四海兮归故乡，安得猛士兮乐四方。』

读《项羽本纪》

悲歌一曲①裂长空，
虎帐离情别恨中。
千古英雄唯项羽，
胸怀不与酒徒同。

【注释】①悲歌一曲：即指项羽《垓下歌》：项羽被困垓下时所作。公元前二〇二年，项羽军壁垓下，兵少食尽，汉军及诸侯兵困之数重。夜闻汉军四面，皆楚歌。项王乃大惊曰：『汉皆已得楚乎？何楚人之多也！』项王则夜起，饮帐中。有美人名虞，常幸从；骏马名骓，常骑之。于是项王乃悲歌慷慨，自为诗曰：『力拔山兮气盖世，时不利兮骓不逝。骓不逝兮可奈何，虞兮虞兮奈若何。』歌数阕，泣下数行，美人和之，左右皆泣下』。参《史记·项羽本纪》中《垓下歌》：写项王在走投无路时，对爱妾爱马反复呼唤，不知将名马爱妾如何安置，可奈何，奈若何。咽呜缠绵，英雄气短，儿女情长，千古而下，唯项羽可以当之无愧。

咏菊并赠英俊同志

东篱侧畔夕阳斜，
历经风霜是此花。
除却翠苍松柏外，
有谁同与傲烟霞。

自述

六旬年过鬓如丝，
何必前程去问师。
此日神州逢正朔①，
陇山深处最相宜。

【注释】①正朔：一年的第一天，正为年始，朔为月始。正朔亦指正统，《礼大传》：『改正朔。』

盛世

千载难逢康庄道，
史书满刊今朝香。
无由表达激情意，
拙句难成搜尽肠。

归燕诗二首

（一）

日暮山城夕照斜，
深秋送别汝还家。
可怜飞到无多日，
三月仍来看杏花。

（二）

北飞不嫌道路赊，
应信前来赏杏花。
欲筑新居无别处，
房檐认准到吾家。

禅定寺[1]述怀

梵王宫[2]殿月轮秋，
几见人间回岸舟。
尘海茫茫须发奋，
何来福荫此中求。

【注释】①禅定寺：在卓尼县西北。
②梵王宫，泛指佛教寺院。语出王实甫《西厢记》：『梵王宫殿月轮高。』

读《唐太宗[1]本纪》二首

（一）

贞观政要[2]千古君，
未见唐诗颂德功。
尚有忠言侃侃谏，
晚年犹说不克终。

（二）

辟地开疆绝代功，
未央置酒气如虹。
房谋杜断[3]雄才略，
千载常怀贞观风。

【注释】①唐太宗，公元五九八至六四九年。高祖李渊次子，后发动玄武门事变，被立为太子。即位后，行均田制和租庸调制等，兴修水利。史称『贞观之治』。②《贞观政要》唐吴兢撰十卷，于太宗实录外。采太宗与群臣问答之语。记当时新制政令议论事迹用备借鉴。③房谋杜断，唐太宗时宰相房玄龄、杜如晦共掌朝政，房多谋，杜善断，旧史有房谋杜断之称。

致台湾同胞二首

（一）

人为隔绝几春秋，
海峡难通意悠悠。
我寄此心明月夜，
天涯游子应回头。

（二）

树高千丈叶归根，
祖国相思此销魂。
统一休忘国父志，
全民携手展经纶。

咏海眼①

东陇山麓野草花，
碧水清波耀日斜。
想是金陵飞北雁②，
衔来玄武到天涯。

【注释】①在临潭县新城内北半山中，诗人称蛟龙潭。②想是二句：因明洪武年间筑新城，屯军移民，大多数来自南京应天府，故有『金陵飞北雁』等句。

春节杂咏六首

（一）

除夕吟诗未得诗，
华灯到处已煌时。
忽来寒气袭人眼，
方觉山城春意迟。

（二）

春风已到屋头东，
自古桃符万户同。
爆竹声声除旧岁，
频频笑语出孩童。

（一九八七年）

（三）

元春一夜酒半酣，
念载风云只自担。
为问吾家何处住，
凤凰山北复山南。

（四）

新春访友过邻家，
杯酒清茶话桑麻。
日暮斜阳扶醉去，
岁寒心事满天涯。

（五）

世态炎凉不忍看，
少年意气久阑珊。
天心不爱人憔悴，
寂寞空庭晓月残。

（六）

钟期①何处杳知音，
流水高山②枉写心。
结社东陇逢诗友，
残年重理伯牙琴③。

【注释】①钟期：即钟子期，钟期为省称。春秋楚人，精于音律。②流水高山句出自《列子》：『伯牙善鼓琴，钟子期善听。伯牙鼓琴，志在高山。钟子期曰：『善哉，峨峨兮若泰山。』志在流水，钟子期曰：『善哉，洋洋兮若江河。』多用为知音难遇之典。③伯牙琴：传说伯牙以精于琴艺著名，《荀子·劝学》：『伯牙鼓琴而六马仰秣。』伯牙琴只有钟子期能完全理解琴意。子期死后，伯牙终身不再鼓琴。

冶海行三首

（一）

买车北上去莲峰，
触目旱情遍地同。
千万禾苗干欲死，
青天不见点云踪。

（二）

车过大岭野花香，
阵阵微风拂面凉。
夹道林荫无夏暑，
盘山公路九回肠。

（三）

莲花山尖似剑芒，
恰是旱情来割肠。
顿失此行登临意，
苍山碧水雨茫茫。

一九九二年七月十五日于冶力关

紫螃山庙会感怀

紫螃山上雨蒙蒙，
佛号香烟动碧空。
眼下贫愚人不问，
神灵毕竟香茫中。

有感

嫦娥有意下瑶台，
深锁侯门大不该。
从此萧郎成陌路①，
何时走马入天台②。

【注释】①崔郊诗《赠去婢》：『侯门一入深如海，从此萧郎是路人。』以后沿用萧郎二字引申为女子的情人，或才郎。②天台，指天台山，在浙江天台县北，仙露岭山脉的东支。

漫步河堤

盛夏缘溪却暑行，
垂杨深处草横生。
濯缨①不计水深浅，
先问沧浪②水浊清。

【注释】①濯缨，语出《孟子》的《离娄章句上》：沧浪之水清兮，可以濯我缨；沧浪之水浊兮，可以濯我足。②沧浪：水名，即为汉水。《书·禹贡》：嶓冢导漾，东流为汉，又东流为沧浪之水。

贾宝玉

自恨遗才难补天，
枉怀灵玉到人间。
赤梗峰下归宿地，
风雨人寰损朱颜。

闺情

天涯漂泊一孤儿，
历尽风霜依旧姿。
白眼时空曾惯见①，
多情还属女蛾眉。

【注释】①时空曾惯见句：唐司空李绅宴请刘禹锡，让歌女劝酒，刘即席赋诗『司空见惯浑闲事，断尽江南刺史肠』。

赠刘光远同志

操刀专业本名驰，
忙里抽闲又作诗。
职业入诗成一格，
巴山居士是儒医。

梦到洛阳牡丹园

一梦驱车到洛阳，
姚黄魏紫各芳香。
牡丹园里花千朵，
为底争春为底忙。

戏为二句绝

学要专精更要通，
两端齐举意无穷。
诗文自古无蹊径，
格律须向苦里攻。
诗词歌赋溯源流，
赞跋铭文有旧筹。
哗众辞章垂外史，
拟将滴水抵清流。

无　题

此来无意上花台，
偶感牢骚也可哀。
三岛[1]仙踪无觅处，
还向市井索粮煤。

【注释】①三指传说的蓬莱、方丈、瀛洲。意指仙境。

咏紫牡丹

自信风姿冠老圃，
人前摇曳太玄乎。
笑谈立辩真和假，
正色宁容紫夺朱。

观花

千红万紫斗芳华，
逗引蜂蝶午婆娑。
莫道九秋凋零尽，
明年二月又返家。

咏月

遍洒清辉在人间，
素心寂寞长夜寒。
若无太白来邀饮①，
疏影花间只自看。

【注释】①若无句，语出李白诗：『花间一壶酒，独酌无相亲。举杯邀明月，对饮成三人。』

感事

等闲世事莫争夸，
前路茫茫悲自嗟。
破帽遮颜过闹市①，
任它冠盖满京华。

【注释】①破帽句，引用鲁迅诗：『破帽遮颜过闹市，漏船载酒泛中流。』

西施

姑苏①台上起烟尘，
西子一颦冠六军。
最是越王无见识，
论功不赏女忠臣。

【注释】①姑苏指姑苏台：在江苏吴县西南，姑苏山上。相传为吴王阖闾或夫差所筑。

貂蝉①

飘摇汉祚有谁擎，
凤仪亭前弥消兵。
青史不书巾帼女，
千年遗恨气难平。

【注释】①貂蝉：传说中三国美女，初为董卓侍女，后为吕布妻。

咏菊

羡君不畏九秋霜，
独步园林独自香。
不爱繁华歌舞地，
自甘篱下伴凄凉。

咏梅

傲寒枝叶不凋零，
花透清香扑鼻来。
不是孤芳独自赏，
无人踏雪到平台。

季春十五步月（集唐诗）

须知天下欲升平，（贾至）
满目和风宜夜行。（元结）
今夜偏知春气暖，（刘方平）
红罗帐里不胜情。（王昌龄）

言志

诗成一卷出衷肠，
无限情怀笔底藏。
谨守诗书修养气，
不趋名利是非场。

新城怀古

拓边战略付青史，
城郭犹谈六百年。
王业已随征战尽，
只今四海一家天。

壬申春节团拜即席

猴年岁月莫蹉跎，
花事三春有几何。
休道故乡无好景，
陇山洮水占春多。

壬申春节杂咏六首

（一）

三杯美酒郁清香，
共祝年丰国运长。
一代文章千古事，
缘因美酒润诗肠。

（二）

幼苗昨夜吐新丝，
端赖东皇好护枝。
细雨随风潜入夜，
晓看蕾蕊发高枝。

（三）

三朝花满康庄道，
此日中流自东行。
万事无如笔在手，
神思便接九州情。

（四）

略有菲才宗杜牧①，
愧无绝句赋华章。
十年披阅诗千首，
始信胸中少墨香。

（五）

形式内容要统一，
意纲词目必相宜。
唐诗四万八千首②，
打起黄莺绝唱诗③。

（六）

繁纷世务本寻常，
垂老年华莫自伤。
把酒何须怅往事，
恬然一笑释冰霜。

【注释】①杜牧：公元八〇三—约八五二，字牧之。中晚唐诗人，诗长于近体，七绝清新俊迈，尤为后人所推崇。文章奇警纵横，皆有为而发，为别于杜甫，人称小杜。②《全唐诗》，唐诗的总辑；清康熙四十四年开始收集，次年成书。共收诗四万八千九百多首，编为九百卷。③打起黄莺句，出自金昌绪《春怨》，成为千古绝唱的传世之作，原诗为：『打起黄莺儿，莫教枝上啼。啼时惊妾梦，不得到辽西。』

壬申清明感怀二首

（一）

追本思源泪暗流，
年年依旧土三丘。
北堂难见椿萱[①]面，
扫墓孤儿已白头。

（二）

生前无力奉甘旨[②]，
死后只余寸草心[③]。
今日望北承万红，
九泉何处见双亲。

【注释】①椿萱，父母的代称。②甘旨，美味可口的食物。③寸草心，语出唐孟郊《游子吟》：『慈母手中线，游子身上衣。临行密密缝，意恐迟迟归。谁言寸草心，报得三春晖。』后取春晖二字喻母亲。

端午节登红花山

独上南山意悄然，
禾苗逐浪涌如烟。
眼前繁花歌舞地，
不及清凉自在天。

观戏有感

开场锣鼓响如雷，
粉墨登台也壮哉。
歌舞场中狂且[1]走，
芙蓉花下子都[2]来。

【注释】①狂且，行为轻狂之人。②子都，古代男子的通称。《诗经·郑风》《山有扶苏》中『不见子都，乃见狂且』。

感怀二首

（一）

奔牛力尽到残年，
自理清茶可落闲。
眼下儿孙已长大，
老来身世反茫然。

（二）

尘世无由识九还①，
蓬莱②福水路茫然。
淳生当作千年计，
几个儿郎欲注颜③。

【注释】①九还，即道家所炼金丹，称九转还阳丹。②蓬莱：见前注。③注颜，即道家注颜术，可以返老还童。

诗社座谈会二首

（一）

中天佳节赋诗怀，
一盏清茶酒一杯。
敢是热情訾大士，
梅霖惠洒百花台。

（二）

敢将余热献残年，
不乐功名不学仙。
愿洒诗坛浸汗水，
奋蹄不必待扬鞭。

冶炼厂感怀

豪情壮志四年前，
竭尽财源解税源。
四千万元当一哭，
恬然一叹领侏钵。

禅定寺述怀

闷来无计解新恼，
也到梵王宫里游。
来世未修今世苦，
何须福荫此中求。

白塔山俯瞰

白塔高耸岩万仞，
羊啼惊险浪千层。
船城临水无双桨，
历尽千年自在行。

南方行

南国风光此日煌，
十年改革不寻常。
此行更拓新天地，
往事不忘德甘棠[1]。

【注释】①甘棠：见本集《满江红》《献给十三大》

秋　怨

南冠[1]客里楚云低，
西陆[2]蝉声断续啼。
万里关河飞不到，
梦魂夜夜绕安西。

【注释】①南冠，见前注。②西陆，《隋书·天文志》载：『日循黄道而行，行东陆谓之春，行南陆谓之夏……行西陆谓之秋，行北陆谓之冬。』西陆即指秋天。

忆金陵二首

（一）

寻根忆旧写征程，
万里关山走屯军。
六百年前怀往事，
几番回首石头城。

（二）

梦到江南千里春，
贮丝巷内旧家门。
秦淮河上新画舫，
犹带六朝烟水痕。

偶题

埋没尘沙休质疑，
须逢精鉴定妍媸①。
牢骚些许诗肠断，
慷慨激昂未官时。

【注释】①须逢句，语出晚唐诗人郑谷《闲题》。

绝句

一城风光归绡绮，
赏心乐事亦名佚。
高楼竟夕歌舞起，
星斗阑珊意未休。

吊屈原

半壁河山三楚雄，
屈即一死霸图空。
千门万户遍插柳，
神州今日悼孤魂。

赠王得民

淡泊胸怀不染尘，
西园①才调有新人。
长歌恸洒秋风泪，
书肆湮名二十春。

【注释】①西园系建安诸诗人宴游之地，为曹植所建。曾参与其会的刘祯，旧地重游，感怀作诗：『步出北门寺，遥望西苑园。乖人易感动，泣下与衿连。』

闺情

萧郎一去太迢遥，
长夜难眠空寂寥。
飞雪轻寒人不寐，
断魂残梦可怜宵。

洛阳怀古

洛阳城下之黄垲，
五代霸图空有哀。
欲问九朝都会事，
北郊唯见冢千堆。

致宗宪兄二首

（一）

相交挚友炎凉外，
七十年华旧梦中。
老笔甘南州域史，
余晖犹染夕阳红。

（二）

十月甘南风潮寒，
劝君楼上莫凭栏。
勤向炉内添煤尘，
珍重寄言多进餐。

感怀

一领青衫啸蹇前，
半世风雪阻征程。
百无一用书生气，
斜月枝头鹧鸪声。

村妪

鹤发鸡皮面带黄，
犹扶孙女拣穗忙。
可怜贫苦山乡女，
到死不知罗绮香。

亡题

应怜裙屐舞高楼，
一曲菱歌尽缠头。
朝夕盘餐更兼味，
不知人世有糠糇。

悲遗怀

长歌当哭总痴颠，
荡尽胸中笔万千。
多少壮怀空激烈，
丈夫末路以诗传。

山村 夏晨

曙光初透炊烟里，
横笛牧童晓雾中。
几处黄莺啼暖林，
数声布谷到帘栊。

赠介西兄

残垣败壁白茅边，
旧廊永祠名不传。
三谒扶辕成大业，
心挚栽样漾薄天。

秋怀

秋色连朝冷，
经旬雾不开。
登山经雨阻，
卧病少人来。
步履诚难健，
流光去不回。
何如篱下菊，
一任秋风摧。

登紫螃山

杖藜扶病后，
六月强登山。
紫螃映晚照，
胜境薄云天。
人涌千重浪，
禾翻万里烟。
从来名胜地，
风月总难闲。

秋望海眼

北城高一角，
上有蛟龙潭。
鸦吁西阳近，
蝉鸣翠柳前。
南山秋色赭，
池水碧如蓝。
都说新城好，
何人作郑笺。

赠方揆一兄

少负才名气，
飘然鹤不群。
胸怀淡泊志，
阅历风霜身。
晚节明操尚，
孤高知世尘。
残年逢盛世，
长啸入金樽。

别意

送送阳关道，
行行万里程。
苍山遮泪眼，
碧水寄深情。
君是攀桂手，
妾为断肠人。
应怜今夕月，
莫耽管弦声。

秋晨感怀

玉桥空伫立，
露白晓风寒。
柳叶金风落，
名花青女残。
陇山青翠尽，
星月曙光看。
何日山丘土，
护身一盖棺。

新城怀古

追本溯流源，
军民共屯边。
根寻应天府，
城抱蛟龙潭。
造化钟灵秀，
人文仰哲贤。
江山多丽日，
华夏戴尧天。

晚归

落日余晖尽，
心潮逐影长。
卅年熬白发，
憔悴为稻粱。

读《汉纪》有感

鲁元①下车走，
虞姬乘马行②。
英雄与无赖，
二者自分明。

【注释】①鲁元，即高帝长公主。公元前二〇五年，高帝二年，楚击汉军，大破之，汉王道逢孝惠与鲁元公主，载以行，楚骑追之，汉王急，推坠二子车下，腾公常下收载之，如是者三，曰：虽急不可以驱，奈何弃之：故徐行。汉王怒，欲斩婴者十余……②虞姬：项羽之爱妾也，常幸从，虽兵败亦然，未尚弃之。

感事

大道无平地，
幽沟要路通。
朱门与绡户，
次第沐春风。

赠许国华

挚友炎凉外，
世情淡泊中。
天涯知己少，
唯独与君融。

阿丁同志画赠诗抄赋诗以志谢

挥毫龙蛇走，
诗抄涌华章。
书画诗三绝，
琼浆回味长。

梦登鼓楼庆元宵十五韵

呼朋三五人，
相将去登楼。
历尽最高处，
风物眼底收。
高处云天里，
巍然砥中流。
恐与天相碰，
徘徊犹低头。
俯视群山小，
百里无匹俦。
极目四相顾，
万象灯光稠。
鞭炮响无尽，
人伴社火游。
龙灯青黄色，
舞狮荡旱舟。
十五游乐夜，
鸡鸣尚不休。
怦然花炮起，
惊我美梦游。
披衣怅往事，
风尘十三秋。
极左路线下，

文物四旧勾。
荡然迹不存，
此心空悠悠。
谁能为此者？
青史自有留。
千秋又百代，
子孙尚含羞。

冶海歌行

洮州八景首莲峰，
秀压陇原第一雄。
奇峰异石嶙峋立，
芙蓉四面一望中。
峨眉有俗艳，
庐山尽人工。
移步皆佳境，
放眼海天空。
君不见：四倾积石峰千万，
难比莲花山峦绝代容。
莲花宝殿依山修，

名山古寺千载留。
九扎角含峰九顶，
出檐回廊绕四周。
石狮登高望，
双象拱天眸。
二龙戏珠竞相夺，
丹凤朝阳神态悠。
白石庙花崇岭间，
塞上明珠此中嵌。
群山环抱天池水，
碧峰叠翠明珠联。
水波涟漪出，
池绿胜靛蓝。

池波蠕动景随色更变，
然后蓝天白云、群峰绿树，
倒影碧波潭。
冬来一面琉璃镜，
水花凝聚冰图姿态有万千。
任是丹青手，
难描『冶海冰图』景奇观。
冶木峡谷剑曲开，
一水贯穿百丈崖。
直壁千仞高不见，
『恶泉飞瀑』响春雷。
奇花异石随处有，
修竹古松入眼来。

鸟啼一声幽谷静，
醉人仙境胜新醅。
九顶峰高入青云，
举手可扪众星辰。
蜿蜒曲折羊肠道，
陡峭如挂向天撑。
蛇倒退上惊魂胆，
夹人巷中索愁人。
只闻人语响，
抬头不见人。
山上红日山下雨，
瞬息万变气象不可论。
莲花山上南眺望，

林海绿涛郁苍茫。
古木参天葛藤挂，
万枝竞秀生机昂。
佳木秀兮林静，
野花发兮幽香。
鸟语花香皆学问，
松涛情溢大文章。
更有奇观水帘洞，
洞内常年生雾云。
炎夏六月冰不解，
置身如在水晶宫。
李白曾夸蜀道难，
莲花山险可比肩。

独木桥上心先怯，
翻身崖边枉自愁。
欲考朝山英雄汉，
鹞子崖上翻三番。
石佛送客脸含笑，
朝山儿女兴未阑。
依依难舍频频顾，
奇景还待回首看。
我欲引吭莲峰歌，
岂如词穷嗟奈何。
君不见，今朝万花争艳饮清露，
春风杨柳舞婆娑。
洮州自古人文地，

莲峰洮水风情多。
男儿逢时为贵日，
莫使青春空蹉跎。

浪淘沙 秋妆

又是近重阳，一片清凉，
青山已卸绿衣妆，极目霜天晴
万里，大好秋光，打碾最繁忙，
五鼓摊场，全年辛苦盼余粮，
恰是农民关注处，谷贱农伤。

西江月 新居

念载尚无定处，今朝茅舍
始全。惊心烽火十余年，历经
风波恶险，争似寒窗静坐，
日同孙稚周旋。闲来无事耕砚
田，胜却笙歌笛管。

满江红

献给党的第十三次全国代表大会

旭日东升，群贤集。九州方域，起宏图，航程指引，大鹏展翼，十载重见新岁月。九年改革民丰食，喜今朝大地洒朝晖。好时刻，民心顺，无不克。要改革旧模式，两个基本点，国情独特。四海平步小康境，五洲瞩目东方国，二千年，目标激人心，甘棠德①。

【注释】①甘棠德：《甘棠》，《诗经·召南》篇名，周武王时召伯巡行南国曾憩甘棠树下，后人思其德因作甘棠诗。杜牧诗『丹心悬魏阙，往事怆甘棠』。

西江月

念哉奔波无定，今宵对月荒村，恹恹一病黯销魂，老去秋深体重。
夜阑山静露冷，呼儿掩了柴门，凄凉谁与共开樽，唯有吟诗自声。

西江月 书愤

爱它巷深僻静，喧嚣不到门前，醉酣暖炕枕书眠，哪管谁长谁短。
入耳清风阵阵，耀眼银汉涓涓。清茶淡饭乐陶然，何必求荣求显。

沁园春　新城

洪武奠基，山岭迂回，城郭逶迤。看朵山玉笋，巍然屹立，紫螃晚照，辉映河池，海眼清波，陇山芳草，百态千姿堪称宜，遭厄运，历十年浩劫，重展双眉。

家乡如此多姿，看四化途中腾飞时，有老骥奋发壮心未已，鸽凤昂首，宏志飞驰，边陲地域，文化科技待理治，要脱贫致富，翘首可期。

长相思

思悠悠，闷悠悠，聚短离长意不休，空将蜜意柔。

把新愁，一笔勾，流水落花问驻留，老来哪堪忧。

贺新郎　重到岷县

重到岷州路，过吊桥风雪满地，当年曾渡，今更见中流砥柱，桥底水流如注，想弱冠年少无数。旧相识无从可问，况苍颜白发怨难诉，俱往矣，堪回顾。

漫漫长夜已将曙，金童山兀自屹立，沧桑几度，知已天涯寻何处，相对青山无语。写往事，新词谁予，目尽青天怀今古，把个人恩怨何必吐，浮大白，且辞赋。

浪淘沙　秋日晚眺

红日已西斜，散乱云霞。玉龙鳞散满天涯，我盼秋风来万里，吹尽铅华。世事莫争夸，一现昙花。花拳绣腿底功差，为问大罗天上宫，文苑谁家。

清平乐诗社

陇山脚下，同仁结诗社，杯酒论诗且风雅，道德潜移默化。

春风已到天涯，斗鸡走马休夸。白卷英雄何处，不过枯木寒鸦。

虞美人 七夕

牛郎织女难相见，被银河隔断。两情恩爱恨难消，幽怨徘徊寂寞泪盈绡。

如今身价以论万，金母犹不顾。可怜七夕一相逢，也是离情别绪泪痕中。

醉花荫

诗苑凋零文笔少，空白何时了。结社拔群英，拓路先行，风霜担重挑。
勤办《山花》育秀草，白发夕阳道，俯首写临潭，领略诗坛，清辉如月皎。

永遇乐　卓尼物交会感怀

碧水苍山，无从可问，当年旧事。洮水戏浪，柳林击球，有书生豪气。少年评说，江山指点，歌一曲《金缕衣》，想当年，痛伤国事，也曾激昂流涕。山河依旧，风姿新发，畴昔市容变易。四十三年，河清可矣，千载难为此。梨园弦管，绿杨荫里，一片歌声交替。凭谁说，杨郎老矣，丹心未已。

一九九一年夏六月于卓尼

水调歌头·『玉兔临凡』①

千载凄凉月，万古照尘寰。广寒禁地难守，玉兔到人间。从此不思天界，休说琼楼玉宇，寂寞泪阑干。爱它青山绿，更有水潺潺。沧桑变，天地转，史无前，也无羁绊，春风细雨乐田园。任它功名利禄，不过昙花一现。美景苦中攀。但愿年丰足，何必碧云天。

【注释】①『玉兔临凡』系临潭新八景之一，在新城北，原名兔石山，有青石如双兔，前奔后逐，诚奇观也。余取名曰：『玉兔临凡。』特填水调歌头以记之。